JN208326

# 龍の還る日

山田一子

第三詩集　龍の還る日　目次

装画…オビナタユウサク

# 龍の還る日

# はじまりの日

マフラーを外して
木の枝にかけると
その枝が一番早く芽吹くと
春は
知っていてそうしたのか
脱いだ手袋を
捨てていった土からも
球根がぐぐっと芽を伸ばす

傘を杖にして
いつか来る来ると回したり

いやいや当分来ないと揺らしたり
そのうち指と指の間が
妙に湿っぽくなってきたので
梅雨は
待ってました　と　傘を開く
とたんに雨粒の当たる音

日傘を閉じて
初夏は
水面をのぞきこむ
風と水が遊んでたてた波に
太陽がふざけて光を当てる
面白そうなので　つい
飛び込んだとたん
水は炭酸水に変わり
真夏が泡になってはじける

靴下を手に提げて
秋は
廊下に佇んでいる
夏の出窓を閉めて
開け放った障子もたてて
いつもより長く見える廊下に
ぴったりつけた足の裏が冷たい

セーターを着込んで
冬は
街路樹の枝に腰かけている
夕焼けが
風邪をひいたらしいと
急ぎ足で帰る日は
たぶん今日あたり
枝を蹴って少し音を立てて飛びまわる

# バスを待つ

木立が雨ににじみ出て
ぼやけた輪郭が墨色に変わってゆく時刻
バスはなかなかやってこない

ヘッドライトを点けた馬たちが
反対車線を疾走する　水しぶきをあげて

私の胸元から白い子犬のかたち躍り出て
バスが行くターミナル駅を目指し
一目散に駆けて行くのだが

改札口で振り返っても私はいない
脚はまだバス停に立ち尽くし

外灯の輪の中の雨粒を見つめているのだから

やがてポケットから鼠のかたちこぼれ出て
バスのやってくる方角へ向かい
小走りに様子を見に行く

夜の学校が始まる
濡れたチャイムが木の間をぬってくる

子犬と鼠が息せき切って戻ってきた
緑のバスが見えてくる
お客で車体がふくれあがっている
肩から大きく息を吐き
目の前で停まりはしたが
ドアも開けずに発車
満員です一台あとをご利用ください

走り去る最後部の座席
女の子がまだこっちを見ている
小さくなるレインコートの赤

# 星の列車

お客はひとりしか乗っていない
読書している老人の前に
失礼します　と　腰をおろすと
本からあげた顔が
なんだおまえか
よくみれば父親であった

列車は星をわけて進む
スピードが落ちると駅が近づく
父はあわてて本を閉じ
通過する駅にじっと目を凝らす
そして
首をめぐらし遠ざかる駅を見送ると
肩を落としてまた本を開く

私は膝に箱をのせている
そこには秘密がしまってある
そっと蓋をずらすと
ぼんやりベッドに腰かけた老女の
昔覚えた歌をくりかえす低い声
父があんなに逢いたがっている人はこの中にいる
だが見せることなどできはしない
蓋をもどしてうつむいていると
いつしか眠りにおちていた

ふいに強く膝をゆすられた
眠りから覚めて泳ぐ目が
激しく指で叩く窓にくぎづけになる
すぎる駅のホームで母が
まぎれもない母の姿が
ゆるく列車に手を振っている

父も伸びあがって手を振る
互いに相手を認めた確かさで

時にはこういうこともあるのか
膝から箱が消えている
鼓動が少し早く打っている
列車は走り去っていく
私ひとりを星々の中に置いて

# 傘男　I

まっ青だったところに
次々と動物の形を送り込んでくる
空は厚く覆い尽くされた
コップに涙型のしずくが走る
フックの吸盤が外れて大きな音がする

男が近づいている

外に出してあるものを
急いでしまい込む女たちがいる
逆に家の中からいそいそと
植木鉢などを出してきて並べ
こころまちにする女たちも

予告の通り
男は道路に点を打ったかと思うと
みるみる全貌を現した
例外なくすべてを力強く叩いてゆく
乾いた大地をあっという間に溢れさせてゆく

人々は足早に交差し
自動車の往来も激しくなる駅前
大きな傘をさした男がひとり
誰にも気づかれないように立っている

人間の都合などはどうでもよい
自分の帰り際だけを考えている
まだもう少し待った方がいいのだろうか
誰からも見えなくしてしまったために
自分でもわからない
あの人は今どれくらい傾いているだろうか

空に動物の形を描いた時と逆のやり方で
一枚一枚遮ったものを除けていく
最後にそっと男が覗く雲の隙間から
眠りに入る直前の光が
光が矢になって
男を斜めに刺し貫いてのびた

これでいい

おかあさん　見て　見て
子どもたちが空を指さすころ
男は傘も忘れて恍惚と歩み去っていく

# 傘男 Ⅱ

久々に会った人たちがたっぷり語らったあと
外に出てみると　まだ降っている
手に手に傘を開いて　ではまたと
振り返り別れていく人たち

電車を利用するすべての客を見送った
そして一番電車がまもなく動き出すというころ
まだ傘がいるのか
と　恨めしく空を見上げられることに
耐えきれない想いがしてきた男は
ためらいの心をベンチに置いて立ちあがり
大股に駅をあとにする

小鳥が鳴き始めた

あと少し待てば
あと少しだけ辛抱すれば
朝の最初の光線が彼をとらえたはずだ
彼の背中から七色に光が散ったはずだ
しかしもう待つことに倦んでしまった
いつかの夕べ
あまりにも美しく出会ってしまったときのことを
忘れることができなくなってから

傘から伝った雨水が
ベンチの下に小さなみずたまりを残していた
そのみずたまりに
その日の最初の陽光が当たる
ベンチの裏側に光の輪がうつる

# あの校庭の

同じ年に生まれた子どもが
あの家からもこの家からも
手をひかれて集まってくる

もう少し早かったらとも言われ
もう少しもってくれればとも言われるが
咲きたくなったときに咲くのが流儀
その年なりの咲き方で
かしこまつて並ぶ列の定位置から
かがやく枠をいろどるしかない

喜びの日に
自分の名を呼ばれ
元気よく返事をした子どもたちは

今もはっきりと自分の名をなのり
大きな声で返事をしているか
桜は個別の名前を持っていないが
あの校庭の　と
いつか定冠詞つきで呼ばれるようになつた

人に植えられた場所だが
ここの水と日光で根を張った
もうどこにも運ばれはしない
そこにあることが役目と
木が自分で決めたわけではないが

薄暗がりの校庭の
そこだけぼんやりと白い老いた木から
風もないのに花びらが散る

# 花の番地

二つ折りの蝶の羽が
小さな名前を探し当てて
半世紀を一息で飛んできた

身の尺を測りながらこわごわ町に出て
コンクリートの教室に詰め込まれたころ
上履きの底のゴムの匂いの中
光に舞い続けるチョークの粉を浴びて
私たちは制服をまとった蛹でした
幼い言葉に自分を閉じ込めたままの

机に広げた原稿用紙を
池のように覗きこめば
しるされた黒い文字は

泳ぎ回るたどたどしい小魚にしか見えない
それでも活きのいい表現を見つけてもらえたのか
赤い花丸や波打つ傍線をもらって
うれしがって跳ねて
池から外に出たがっていた

赤ペンの文字と少しも変わっていない
二つ折りを拡げて読めば声も聞こえる
こんなに遅れて羽化しても拍手を送ってくれる
こわごわ背中を割ったばかりの
蝶とも蛾ともつかないものでも
よかったと祝ってくれる

遠い半島の夏蜜柑の枝から
白い羽のあいだに赤エンピツをのせて
はるばる花丸をつけにきてくれたのだ
小さく載った名前を見つけて

※ジュール＝ルナール「蝶」岸田國士訳
二つ折りの蝶が花の番地を探している

# 夏の洗濯

暑さの限りを鳴き切って果てる蝉
と　同じように過ごした季節の終わりに
成果と少しの後悔を
渦巻く水に放り込んだのだった
右巻きに試行　左巻きに錯誤
現時点の解釈と鑑賞
これからの傾向と対策
進路選択の面談室に西日は容赦なく射して
ホコリ舞う控室で順番を待つとき
名残の夏はまだ迷っていた

あの年決めた更地が
今立つこの場所だというには
あまりにも無秩序に雑木ばかりが乱れ立つ林
その木々にロープを渡し
脱水機から取り出すように
心に残るシーンを吊るしてみた

かすかな音が近づいてきて
銀の糸が林を洗い流し
来た時のように遠ざかる
葉の一枚一枚からしずくが落ちて
ああ
吊るした場面が滲んで消えている

雨にはかなく濡れ落ちたものは
だいじょうぶ思い出の抽斗に畳んである
生い茂る芝枝を刈り込み

これから育てたいものだけを残す選択
想い描いた林になったら
その時こそ真っ白な生地を吊るそう
洗いだすのではなく染め上げる

あとどれくらい
夏がめぐってくるにしても

# 生成り　未晒し

純白のひとつ手前の
白ではあるのだが　という
そこまでの色をまとう
光線をはね返す力の弱い分
熱を少しとり込み
まぶしすぎない装いで行く

繁華街の交差点だろうと
ガラスと金属の商業ビルの回廊だろうと
野の道の鼻唄気分で歩ける
カタバミソウやオオバコが茂り

シジミチョウやヒシバッタが遊ぶ

少女たちのまばゆい一団がやってくる
照りつける烈しい陽光を
はじき返すことでますます輝き
つきまとう視線を
全身に浴び　存分に曝されることで
さらに冷たく純度を上げ
ほとんど裸身の透明度を見せつけるように

水にも陽にも晒されて
彼女たちの倍以上も生きてきた
ただ人目に曝される度胸は欠いたまま
糸の生い立ちで言えばまだ途上の
手放せないおさなごころが
少し恥じて　少したじろぐ

まっさらの雪原に身を投げ出すような
少女達の純白な直線を横目に
まだしばらくは
人混みに紛れ迂回して歩む

あと一度だけ
逃げも隠れも許されない
最後の主役がまわってくる
その時こそ純白の装束を着せられ
旅立たなければならないのなら

# 浜辺の午後のとき

右足の力が尽きる前に
左足を動かし始めるリズムで
うしろに行列を溜めないように
立ち止まったりしないテンポで
進み続ける一日の
信号を待つすこしの休息

左右の方向もまた不休の流れで
信号はいつまでも変わらない
凝視しながら何も見ていない目に
対岸の建物は色も装飾も失い

スクリーンになったビル群に純白の雲がわき
潮の香が胸に充ちてきて

額を風が吹き上げる瞬間
窓々から一斉にカモメが翔びたつ

みとれて立ちつくす目の前を
こどもたちが手をあげてわたる
ひとりが振りかえる
何やってんの
信号などありはしなかったのに
待っていたのは何だろう
誰かがボタンを押してくれるかと
さあお渡りなさいと言ってくれるのを

垂直に手をあげてみる
たれこめた雲が少しもちあがり
行き交うクルマが途絶えた
巻かれた歩道がするする伸びる
その縞模様の上を

深呼吸してゆっくり渡ろう
どこかで緑が点滅を始めても
あげた決意は下ろさずに
ビルとビルとの林道を抜けて
砂山へ　あの

まばゆく白い雲の下
腰をおろして海を眺めつづけた
ゆっくりと時の過ぎる午後を
とりもどすために

# 椅子の窓

大きく開いた窓から
惜しみなく陽が射して
窓の下には椅子ひとつ
外に向かって置かれている
座りたい
座って窓の外を存分に眺めたい
しかし
静かな椅子の置かれ具合だけ
目にとどめて帰る

窓は開いたままだが
いつかのように椅子はない
置かれてあった場所に立って
はるかを眺める

寄せてくる波　引いてゆく潮
集まっては　離れてゆく雲
海鳥が啼いて群れ飛ぶ雲間から
光の筋が降りてくる
果てしなく繰り返されていることを
飽かずいつまでも見ている

窓は閉ざされて
そこは壁に変わっている
椅子だけがいつか見た時のように
外に向けて　ではなく
壁に向かって置かれている
ようやく腰を下ろすことができた
耳の奥で海鳥が啼き始める
深く座りなおし　目の奥をさがす
寄せてくる波　ひいてゆく潮…
いつまでも波打ち際に浸っていると

椅子がゆっくりと
彼方の沖に運ばれてゆく

# 龍の還る日

太陽は姿を隠したばかり
残された空は血の色をしていた

私の中を流れる川が
二本あったと気づいたのがその日だ
底の方にある黒いひとすじが
どこかに還りたがっている
不吉な赤の方角を
しきりに懐かしがっている

空は寄せつけまいと
風を吹かせ　気温を急に下げてきた
建物が少しずつ尖りはじめた
いつか見たパウル・クレーの絵だ

街から人が消えてゆく

色褪せない空に二日目の月
あのあたりで何かがせめぎあっている
だからそこに身を置きたいと願うものが
止めようとする体を内側から蹴破る

体を流れる二本の川の
白く幅広い方に辛うじて脚をすえると
ひとすじ光りながら西へと渦を巻き
あえぎながら昇ってゆくものがあって

厄介ではあったが
ずっと一緒にいるとばかり思っていた
心ならずも見送ることになって
私はもう一本の川に聞く

あれは龍に見えないだろうか
白い川はこたえる
あれはたしかに龍ですが
私だって龍だとは思えませんか

※パウル・クレーの絵画「Ｂｏｒの上の雲」
に想を得ました

# 港区芝浦で

食事を終えて店を出ると
街が変わっている
駅を降りたった時には
どことも変わらぬビジネス街だったのに
薄暮が闇に移っただけでなく
オフィスから吐き出された人々の間をぬって
足早に歩道を叩く靴音をすり抜けて
上げ潮のように町を満たす
強い潮の香

さんずいのつく町の名を忘れてはいけない
今立つ所はおそらく海の中
スーツ姿の人たちがエレベーターボタンを押すあたりで
漁師たちが舟や網を操っていたはずだ

姿を変えた町が昔の匂いをとりもどす

二か月にわたる治療を終えた男は
家族と乾杯を交わしたときはにこやかに笑っていた
長年着てきた背広をたたみ
患者という従順を強いられたあと
さて素顔に戻ったとたん
何かを踏み抜いてしまったのか
急に無口になり　怒りっぽくなり
食事を済ますと先に帰ってしまった

遠浅の海を岸に向かうように
家族はめいめい潮の香を吸って駅を目指しながら
それぞれに自分のよって立つ地盤を足裏にきく
掘り返せば泥の感情も噴き出す
突つけば匂いも立ちのぼる
底にあるのは崩れやすい土壌であるから

その上に築くものは時にひしゃげる
たとえひしゃげてしまっても
何度でも建て直さなければならない

いくつの駅を乗り継いで
どんな経路をたどっても
家族が帰り着くところは
潮風も吹かない　きへんのつく町の住宅地で
相も変らぬ日常の灯を点す
彼らのあの家しかないのだから

# 踏切

なかなかあかない踏切
通過するはずの列車が
目の前で止まってしまう
乗っている人の目が
待っている私の目と合う
「急いでいるのにネ」

まだあかない踏切
回送電車がきて　またとまる
無人の車両にひとりだけ
白く着飾って　いっぱいの花に囲まれた
その人を私はよく知っている
なのに　私を見てくれない
遠いところにほほえみかけている

そのうち電車は動き出し
かすかに明るい西の空に向かった
細いヒコーキ雲のレールを

何台もの通勤電車が過ぎて
満員の車両がまた目の前で止まる
喪服の私が吊革を握り
悲しみという言葉も探せないまま
まばたきもせず前を見ている
だいじようぶ　あの人は
ひとりで西に発って行った　と
今なら伝えられるのに

ようやく遮断機があがる
西空に残っていた夕方の色は
もう消えはてている
夜をくぐって線路をわたる

# 新しい友だち　I

そのあたたかな人物は
無遠慮に立ち入ったりはせず
私の間口を少し広げて佇む
差し込む光の角度が
これまでよりもいくぶん広くなって
そこから吹いてくる一筋の風

*

向こうからくる
「やぁ」と手を挙げるでもなく
満面の笑みでもなく
ただ柔らかな表情で近づき
ある距離でぴたり　止まる

この日はそれくらいの距離で話す
それがここちよいと
私も思っていた

*

この前の続きから
というわけでなく話し始めても
この前まで話してきたことは覚えているから
初めて会った前の時間まで
もしも話題がとんだとしても
だいじょうぶ　ついていけるし
まるでその頃から知り合いだったように
相槌も打てる
けれど
私とあなたの時間は
まだ始まったばかりだ

# 新しい友だち　Ⅱ

耳で聞こえない距離のときは
文字で声を送り合う
白い歯並びの　(笑)　が届く
冗談か　少し本気か　どっちでもいいのか

、、、と。。。　を聞き分ける
静かな息の奥で
返事を待っているのかもしれない
絵文字も使わずスタンプでもなく
わかった　の意味で
ただ「うん」　を打つ

何時ごろにいつもの
いつもでなければどこかの

どこかはその日の空模様
駅の北口　南口
どちらもいつも工事中
人々の肩越し　荷物越し
やっと見覚えのある髪型と
聞きとれる声を探し当てる

# 新しい友だち　Ⅲ

雨に濡れそうならば
傘をさしかけ
両手がふさがれば
代わって荷物を持ってもらう
くらいのことは
べつに愛などと呼ばない

女々しく愚痴も言えば
厄介なことから逃げもする
カッコ悪さを隠さない奴が
しかしこのことだけはと
男を屹立させるとき
ためらわず拍手を送り
周囲の頑なな殻を蹴とばす

そのことで
互いの信頼が成り立っている

それぞれが奏でる音と音の
響き具合を楽しみ
響き合わなさも可笑しがる
男女も年齢も意に介さず
大切に思う気持ちの在処について
ありふれた名札をつける必要はない

# 解体循環装置

キミのスティックの速い動きは
私の鼓動をはるかに超える
脈拍を少しずつ上げて
揺れだす体を解き放つ

―膝を折り・床を踏む―

ステージの奥にもうひとつある
キミの打楽器のステージに
轟く雲がわいている
キミは地上の雷神になって
大粒の雨を降らし続ける

雨が大地に当たって浸みて
塩分や水が湧き出るように
時には熱も噴き上げるように
音とリズムの塊が
空気を圧して降り注ぎ

―腕を上げ・手を打って―

乾いた日々にひび割れた
体にじかに浸みてくる
見えない縛りが解けてゆく
血液のめぐりが早まって
ささいな塵を押し流す

―腕を上げ・手を打って
ひざを折り・床を踏め―

音が言葉か　言葉が音か
瞬時に生まれ　次には消える
音でも言葉でもあるものは
浴びた体で記憶する

―手を打って・床を踏め―

フロアの熱が上昇し
ステージの驟雨は晴れあがる
上空には虹
目に見えない虹
喝采と歓声のアーチ

# 蒼鷺

旅の途中に水辺があれば
目はあの鳥の形を探す
ここでもじっと水面を見つめているに違いない
水底から生えたような細い脚で
重たげな体をめり込みそうに支え
周囲の時間を止めている
その姿が
どこかにあるのではないかと

長い首を折りたたんでいる
その中に嘴を隠し持っている
遠目には灰色の球体
水に映るその色をなぜ蒼とよぶのか
同じ名の純白の種類に比べても

決して蒼ではないのに
それでも蒼というすがたかたちをしている

素早い漁の瞬間に立ち会ったことはない
その待ち伏せの体勢が漁師である
その顔つきが狩人であり
その眼光が狙撃者である
さぞかしと思うばかりだ

一羽でいるところにしか
出会っていないからか
それはいつも雄だと確信している
雄しかいないのではないかとまで思う
少し息をととのえながら
私の
とつけてその鳥の名を呼んでみる

鳥の名は
ア・オ・サ・ギ

# 名もなき

少年よ　逃げなさい
追手があなたを探している
しなやかに野を駆けるその脚の
小さなくるぶしを
裸足のかかとを
人混みにかくして

少年よ　逃げなさい
見張りがあなたを探している
白いその額や眉間のしわを
細いうなじを

蒼いナイフの眼差しを
高いところに向けてはいけない

百羽の小鳥は百の鳴き声で囀るのに
千人もの大人が同じひとつの言葉しか言わない
あなたの耳が不思議がるのに
誰もその訳を話すことができない

ほめそやす甘い言葉も
へつらいの苦い言葉も
人を刺す痛い言葉も
言ったことのない口で
あなたはただ
目に見えたままを発した
そのひとことが
嘘の帳を切り落としたのです

少年よ　逃げなさい
玉座の人がこおりついている間に
とりまく人々が慌てふためいている間に
群衆が困惑から解かれ
人垣がほどけだすその隙をぬって

少年よ　逃げなさい
時があなたを追ってくる
見たままが言えない口になる
少しのことしか聞けない耳になる
言われたままを肯く首になる

そうなってしまわないうちに

# 朽ち縄

その姿を醜いものと決めて
嫌う理由は何だったろう
もはや忘れ去った今でも
どこか身に覚えがあるのだ
その名を聞くだけでも
背中を粟粒が走り抜け
体がこおりつく

忌み嫌われる姿と
承知しているのだろうか
音もなく身をひそめ
その気配を殺そうとしているが

ごらん
三角の波を背後にひいて
池を渡っていく泳ぎの
なんと晴れ晴れしていることか
むきだしの肢体が濡れてくねっている
勝ち誇ったように鎌首をもたげている
押し殺してきた欲望が
束の間解き放たれたかのように

飼い慣らそうなどと
大それた発想はもたず
しかし
逃げる構えで目を逸らすのもやめ

傍らにきっと居る
ほの暗い色の塊になって
赤い目を光らせている

朽ちた縄のふりをして
細い舌を動かしている　と
認めつつ知らん顔でゆく
そういう付き合い方でゆく

# 渡り

どこから発せられるのか
風に運ばれ伝わってくる
身を軽くするようにと
命令でもない　指示でもない
その時が近づいている合図だ

旅立つ先のことなど
思いめぐらす必要はない
そこで吸う空気や水の匂いを
どこかが確かに知っていて
帰って行こうとするのだから

今は貯めすぎたものを捨てて

いつの間にか脚や翼にからみつく
見えない糸のようなものをはずして
遠くまで見通せる目になって
かすかな物音もひろえる耳になって

胸を開いて風を受けるのだ
翼を煽って気流をつくるのだ
空気の流れに身を乗せて進むのだ
たとえ無様でも平たい足で水面を蹴り
苦手でも体が浮くまで走り切るのだ

いつだって旅立ちのときは
これが最後かもしれないと思う
懐かしい土地の形を目に収め
手を振る人影に挨拶を送り
軽くなってゆく体を宙に感じながら

# 浄土

秋の戸口で話し声がする
耳を注意深くする
人を迎える相談らしい

戸をずらして空を眺める
老人がひとり歩いてきた
ゆっくり腰をのばし
この先が最後の難所と
冥土への道を見上げている

急な坂道舗装もない
それでもわたっていく覚悟
すると先ほどの声の主か

恭しく客人の案内をはじめた

ゆるやかに弧を描く
七色の道
手摺もあって自動で進む
ああ　良いものをご用意くださった

私は虹に頭を下げた
渡ってゆくかたは
私の大切な師なのです

二〇一七年九月一二日
恩師　藤富保男逝去のお知らせが奥様より届く

# 私の龍に会う

急に会いたくなって
矢も楯もたまらなくなって
西に視界の開けた
いつもの丘に行ってみる

やがて空に黒い点
私を見つけたらしい
みるみる大きくなって降り立つと
前に会った時より大人にみえる

「大切な人を亡くしました」
龍には言葉を使わずに伝える
龍の言葉も口や耳を介さず
まっすぐ胸に届く

「わたしもです」
龍の首が私の肩にのる
顎のあたりの柔らかな白い毛を
無意識に指でさぐり
撫でていることに気づいても
しばらく続けた

閉じていた龍の目が
顔のすぐそばで見開かれた
黒い瞳を覗き込む　と
そこに亡き人の目があって
静かに笑いかけてきた

龍の尾のあたりから
稲妻のように走り抜けてきたものが
私を射抜く

龍が帰ってゆく
小さな点になって消えると
空の茜もふいっと消えて
夜のただなかにいる

私は
自分の座標の近くに
戻って来られたらしい

# 植木鉢の荒野

周囲は緑にはしゃいでいたが
植木鉢ひとつ
鉢一個分だけの荒野があった
植物がその中で生涯を終えた
残った土から突き出ているのは
干からびたヒゲ根状のものだけ
養分も水分も果てていた

夏の猛暑も日照りも
冬の寒さも乾燥も
育む土壌の役目を終えた今では
過酷でも試練でもなかった
荒野になった植木鉢には
何も受け容れる気持ちなどなかったが

ヘリコプター型のプロペラを持つそれが
どこからか飛来し荒野に着地した

やってきたものを
拒みはしなかったものの
ここで滅んでも歎きはしない
根付いたとしてもべつに慶ばない
芽生えから結実までをひとつ見届け
役割はとっくに終わったのだから　と
荒野らしくそっけないそぶりをしたが
なにか孕ったような気分で
鉢は雨を待っているのに気付く

# てのひらの海

窓を開ければ潮風
けれどあれは海じゃない
月が空から銀を降らせても
黒く重くよどんだまま
無数に反射し点滅させているのは
船でないものの明かりだ
コンクリートの護岸を
ヒトリ　ヒトリ　ヒトリ　ヒトリ　と
打ち続けている

横に手を繋いで走り寄り
手を繋いだまま後ずさりする
子どもたちが砂浜ではしゃぐ遊びは

波を真似ているのだ
海と聞いてあなたが想うように
空の色を映す水が
白い砂浜でいつまでも遊んでいる
それを海と呼んでいたはず

そして命を宿し養い続けてきた
目には見えないほどのものから
目では見えないほどのものまで

だからあれは海じゃない
魚が白い腹を見せて浮かび
人が顔をつけられないような場所は
立ち並ぶ荷揚げのクレーンと同じで
人間に操作されている
水の塊にすぎない

それでも
雲間の薄い陽をあびて
カモメが高く低く旋回している
狙う獲物がそこにいる証拠だ
こんな黒い塩水にも生き延びる術を持つ
原初的な生物か　進化した生物を
したたかに宿しているらしい

ならばこれでもまだ海
文字の中に母を隠している限り
どんな窮屈な場所に閉じ込められても
辛うじてそれは
海と呼んでいいものの姿

あなたは今日も窓辺の椅子にかけて
カモメの飛んでいる方角を

一日眺めているのですか
命を宿したことも育んだことも
とうに忘れたようだけれど
頭を撫でてくれるてのひらの中に
小さくなっても
まだ海が

# 賑やかな夜空

名前が記号であるならば
こんなにも単純な記号はないという姓で
街の隅に暮らしている
どこにもいるようで　どの人でもない私だが
水平に手をつなぎ
手と手を行き交う言葉を
流したり　せき止めたり　している

たまに
垂直に星を見上げて立つ
夜空には願いの星がひしめいている
どれが自分の星か見分けられないので
たったひとつの星とだけ交信できる言葉をさぐる
いまだに返信は降りてこない

諦めずにたったひとつを探し続ける

ある日
垂直にも水平にも分けられないものに遭う
立ちつくす
言葉に置き換えられないものをかかえた
短くも重い時間に耐えかねて
記号の姓から　記号でない名前が這い出し
水を求めるように
言葉を　言葉を　と
賑やかな夜空に向かって乞い叫び
白い紙に向かって呻く

# あとがき

ご縁があって、藤富保男先生を中心とする詩の勉強会「銀曜日」に初めて参加したのが、二〇〇七年一月のことでした。詩の勉強をすると聞いて、行ってみれば詩を書くところでもありました。私は詩とは特別なものとずっと思っていたので、まさか自分が書く日が来るとは考えもしませんでした。でも、書いたものを持っていかなくては「銀曜日」を続けられないと、四苦八苦して始めてから、気が付くと十年経っていました。

二〇一七年九月、恩師藤富保男が亡くなってからしばらくは、何も書けません。詩をやめてしまおうかとまで考えました。しかし、気が付くとまた書き始めていたのです。せっかく、いつでも、いつまででもできる楽しみを、教えていただいたのです。もう先生には見ていただけませんが、まだしばらくは続けてみようという気持ちになりました。

決意表明というのも大袈裟ですが、先生の一周忌を前に、第三詩集をまとめ、先に進もうと考えました。

これまで藤富先生の「あざみ書房」から二冊詩集を出していただきましたが、自宅から歩いて五分もかからないところにある、「七月堂」から出版するはこびとなりました。

藤富先生のご命日を前に　山田一子

第三詩集　龍の還る日

二〇一八年九月一日　発行

著　者　山田　一子

発行者　知念　明子

発行所　七　月　堂

〒一五六—〇〇四三　東京都世田谷区松原二—二六—六
電話　〇三—三三二五—五七一七
FAX　〇三—三三二五—五七三一

©2018 Ichiko Yamada

Printed in Japan
ISBN 978-4-87944-332-8　C0092